Casseta & Planeta

AS MELHORES PIADAS DO PLANETA...

E DA CASSETA TAMBÉM!

ubook ubk Publishing House

ubook UBK Publishing House

COPIDESQUE UBK Publishing House
REVISÃO Rafael Ottati
PROJETO GRÁFICO Bruno Santos
CAPA Flávio Inácio

Dados Internacionais de Catalogação na Publicação (CIP)
(Câmara Brasileira do Livro, SP, Brasil)

As melhores piadas do planeta-- e da casseta
também! / Casseta & Planeta. -- Rio de Janeiro :
Ubook Editora, 2019.

ISBN 978-85-9556-126-7

1. Anedotas 2. Humor 3. Humorismo brasileiro
4. Piadas I. Casseta & Planeta. II. Título.

19-30427 CDD-B869.7

Ubook Editora S.A
Av. das Américas, 500, Bloco 12, Salas 303/304,
Barra da Tijuca, Rio de Janeiro/RJ.
Cep.: 22.640-100
Tel.: (21) 3570-8150

Em respeito à nova lei de ação afirmativa, 20% das piadas contidas neste livro são de humor negro.

Em respeito à colônia portuguesa, todas as piadas de português serão contadas bem devagarinho.

Em respeito à comunidade judaica, as piadas sobre pênis foram cortadas.

Em respeito à colônia japonesa, as piadas de japonês não são todas iguais.

O papagaio, a freira, o urubu pintado de verde e o cachorro chamado Nabunda doaram seus cachês para a Sociedade Viva Cazuza.

PRE
FÁ
CIO

Eu, enquanto presidente da Academia Lusitana de Piadas Engraçadas e Anedotas Esporrantes, fiquei muito lisonjeado com o convite do Casseta & Planeta para escrever o prefácio desta antologia. Imediatamente peguei um avião em Lisboa e, para minha surpresa, meus colegas de voo eram um papagaio, um judeu, o papa, o presidente dos Estados Unidos e o Bill Gates.

A primeira coisa que pensei foi: "Puta que o pariu! Estou num avião de anedota! Esta merda vai cair!" O Bill Gates, que é um gênio, disse que eu tinha direito a três pedidos: peixe, carne ou frango. Em vez de frango, preferi pedir um papagaio, que é uma ave mais engraçada. Me trouxeram um urubu pintado de verde. Reclamei com o comissário:

— Tem um cabelo no meu papagaio!

Ao que o gajo respondeu:

— Por esse preço, você queria o quê? Uma peruca?

Antes que a piada ficasse totalmente fora de controle, o comandante resolveu fazer um pouso de emergência numa ilha deserta. Felizmente, na ilha deserta, havia um ponto de táxi. Entrei no táxi e ordenei:

— Toca para a Avenida Atlântica, no Rio de Janeiro.

— A que altura? — perguntou o taxista.

— Se o senhor passar de dez mil metros e entrar aqui um papagaio, um judeu, o presidente dos Estados Unidos e o Bill Gates nós vamos voltar para a piada do avião!

Finalmente pude apreciar a obra e escrever o meu prefácio. Ei-lo:

Trata-se de uma obra revolucionária. Gostei muito do formato pequeno, alongado, lembrando vagamente a forma de um torpedo...

Ao que o editor rebateu:

— Mas, senhor Manoel, isto que o senhor está descrevendo não é um livro, é um supositório!

— Ai, Jesus, onde foi que eu enfiei o livro?

Professor doutor Manoel Joaquim Bocage Ferreira dos Santos
Presidente da Academia Lusitana de Piadas Engraçadas e Anedotas Esporrantes

A DOIS PIÇOS DO PARAÍSO

João e José eram muito amigos. Tão amigos que fizeram um pacto: O primeiro que morresse faria de tudo para entrar em contato com o outro aqui na Terra. No verão seguinte, desafortunadamente, o José teve um ataque cardíaco e morreu. João ficou muito triste e deprimido. Mas, dois meses depois do funeral, ele recebeu um telefonema.

— Alô, João. É o José!

— Caralho, você cumpriu sua promessa! E aí? Como é que é aí, o que você faz?

— Bom, eu acordo, tomo o café e já saio fudendo. Lá pelas dez da manhã, é mais foda. Meio dia, eu almoço e fodo. Lá pelas três da tarde, é pau dentro de novo. Às seis, eu fodo e de noite, um jantarzinho e uma trepadinha antes de dormir.

— Que beleza! Eu não sabia que o Céu era essa maravilha!

— Que Céu, rapaz! Eu reencarnei. Agora eu sou um touro reprodutor numa fazenda em Uberaba!

Três caras morreram num acidente de avião. Quando chegaram na porta do Céu, São Pedro perguntou para os três se eles haviam traído a esposa alguma vez na vida.

— Não, nunca! — disse o primeiro.

Então São Pedro lhe recompensou com uma Ferrari.

O segundo teve que confessar:

— Bom, São Pedro, sabe como é... aquela secretária gostosona do chefe me dando o maior mole, não deu pra resistir. Eu traí minha mulher uma vez.

Então São Pedro lhe deu um carro da Ford.

— Aí, santidade, o negócio é o seguinte — disse o terceiro —: eu traí a patroa mais de dez anos. Direto.

São Pedro, então, lhe deu um fusquinha.

Algum tempo depois, o cara do fusquinha estava lá andando pelo Céu quando cruzou com o cara que ganhou a Ferrari. O sujeito estava triste, cabisbaixo, chorando na beira da estrada.

— Qual é o seu problema, meu irmão? — perguntou o cara do fusquinha. — Você tem esse carrão maravilhoso e eu ganhei esse aqui todo fudido...

Foi quando o dono da Ferrari respondeu:

— É que eu acabei de ver a minha mulher andando de skate...

A JUSTIÇA
É CEGA,
SURDA E
MANCA
TAMBÉM,
POIS NÃO
CONSEGUE
IR ATRÁS
DE NINGUÉM

Como você sabe que um advogado está mentindo?

Seus lábios estão se movendo.

O que um espermatozoide e um advogado têm em comum?

Os dois têm uma chance em três milhões de serem um ser humano.

Um advogado e o papa morrem no mesmo dia e vão para o Céu. São Pedro corre logo pra receber o advogado e o trata superbem, com extrema cortesia. O advogado é encaminhado para uma limusine sensacional e é avisado que um motorista o levará até uma enorme mansão, onde ele passará a vida eterna.

Na vez do papa, São Pedro mostra onde fica o ponto de ônibus e lhe dá o endereço de um conjugado. O papa fica indignado:

— Como assim, São Pedro? O advogado que estava na minha frente recebeu todas as regalias e eu, um papa, que dediquei toda a minha vida ao Senhor, vou morar numa cabeça de porco o resto da eternidade?

— Pois é... de papa o Céu tá cheio. Mas advogado?! Esse é o primeiro que aparece!

Duas mulheres se encontram depois de muito tempo.

— Há quanto tempo! Você se casou?

— Com um advogado. E um homem muito honrado!

— Ué, mas isso não é bigamia?

A MELHOR DEFESA É O ACHAQUE

Concurso pra ver qual é a melhor polícia do mundo. Disputam a Scotland Yard, representando a Inglaterra, a SWAT, representando os Estados Unidos e a PM do Rio, representando o Brasil. O juiz explica a prova:

— Eu vou soltar esse coelhinho no mato. A polícia que conseguir recuperá-lo no menor tempo será a vencedora.

A primeira a realizar a prova é a Scotland Yard. O juiz solta o coelhinho e os agentes britânicos saem pelo mato investigando com lupas, microscópios, verificando impressões digitais. Em cinquenta segundos, eles recuperam o coelhinho.

Agora é a vez da SWAT. O juiz solta o coelhinho e sai um comando especial da SWAT com equipamentos eletrônicos moderníssimos, raio laser, helicópteros e o cacete. Em 45 segundos, eles estão de volta com o coelhinho.

Chega a vez da PM do Rio. O juiz solta o coelhinho no mato. Um sargento gordo e bigodudo entra no mato. Quinze segundos depois, aparece um porco todo ensanguentado, implorando:

— Eu juro que sou o coelhinho! Eu juro que sou o coelhinho!

Depois de cinco anos pagando pena em Bangu 1, Jorjão é libertado e volta pra sua mulher, que se manteve fiel todo esse tempo. Na sua primeira noite, sua mulher diz:

— Jorge, eu sei que você sofreu muito na cadeia, mas eu estou aqui pra você. Se você quiser alguma coisa diferente hoje, é só pedir! Eu sou sua, meu amor!

— Bom, então eu queria duas coisas.

— Tudo bem, amor.

— Primeiro eu quero que você fique pelada, de quatro, no meio da sala.

A moça, muito pudica, ficou ruborizada, mas o amor falou mais alto.

— Tá bom, meu bem, eu fico. E qual a segunda coisa?

— Se importa se eu te chamar de Beira-Mar?

Um ladrão rouba uma galinha, foge, entra em um ônibus e esconde a galinha dentro da calça. Ele senta ao lado de uma freira. Como a galinha começa a se mexer muito, ele abre a braguilha pra que ela possa respirar um pouco. O cara dorme e a galinha bota a cabeça pra fora da calça. A freira vê e tenta avisar o sujeito:

— Senhor, acorda! Acorda! Eu não entendo nada disso, mas parece que um dos seus ovos quebrou!

ANEDOTAS COM AIR-BAG E FREIO ABS

Um motorista foi parado por estar dirigindo em alta velocidade. Enquanto o policial escrevia a multa, ele notou alguns bastões coloridos no carro.

— Pra que servem essas coisas? — perguntou o guarda.

— É que eu sou malabarista, seu guarda. Eu uso isto no meu show.

— Então mostra aí — o policial pediu.

O homem pegou os bastões e começou a dar o show. Primeiro com três bastões, depois quatro, cinco, até sete de uma vez. Ele passava os bastões por cima, jogava de costas, tirava um pé do chão, enfim, deu o maior showzão.

Enquanto o cara estava dando o show, passa por ali outro carro com o motorista cheio de cana, mais pra lá do que pra cá. Ele olha o malabarista dando seu show pro guarda e fica assustadão.

— Meu Deus, eu tenho que parar de beber! Esse tal do teste do bafômetro tá ficando cada vez mais complicado...

O sujeito vinha dirigindo por uma estrada quando passa por uma placa: CACHORRO CHUPA PAU A UM QUILÔMETRO.

Ele estranha a placa, mas continua tranquilamente a sua viagem. Um pouco à frente, outra placa: CACHORRO CHUPA PAU A 500 METROS. Ele fica intrigado, mas continua sua viagem, até que uma terceira placa aparece: CACHORRO

CHUPA PAU A 100 METROS. Curioso, o sujeito resolve parar pra conhecer esse fenômeno. Seguindo as indicações, ele chega a uma casinha. Bate à porta e é atendido por um sujeito.

— É aqui que tem um cachorro que chupa pau?

— É aqui mesmo.

— Eu quero ver.

— Tudo bem. Totó, vem aqui!

Atendendo ao chamado do dono, chega o Totó, um vira-lata magrinho. O dono do cachorro pede ao sujeito para ele abaixar as calças.

— Agora Totó, vai lá e chupa o pau do moço!

O cachorro fica parado.

— Chupa o pau do moço, Totó! — ordena o dono.

O cachorro nada.

— Chupa o pau do moço, Totó!

Totó fica parado.

— Totó, essa é a última vez que eu te explico como é que se faz, hein!

Um caminhoneiro vinha dirigindo por uma estrada deserta à noite. Ele já vinha dirigindo havia trinta quilômetros sem cruzar com nenhum carro, a estrada na mais completa escuridão. De repente, ele vê um clarão na beira da estrada. Uma luz fortíssima. Curioso, ele para o caminhão e se aproxima devagar da luz intensa. Quando chega mais perto, nota um ser contra a luz. Certamente um alienígena. Um ser estranhíssimo, com uma cabeça enorme, pernas muito curtas. O caminhoneiro respira fundo, se enche de coragem e se apresenta:

— Josinaldo, terráqueo, motorista de caminhão, fazendo contato.

O ser responde:

— Severino, cearense, motorista da Itapemirim, fazendo cocô!

A PRESSA É INIMIGA DA PROCISSÃO

O padre e a moça estão na igreja.

— Padre, bota um pau na minha mão!

— Não, minha filha, com essa mão você vai fazer o pão que será ofertado ao Senhor.

— Então, padre, bota um pau na minha boca!

— Não, minha filha, dessa boca sairão as orações para o Senhor.

— Então bota um pau na minha buceta!

— Não, minha filha, desse útero sairão os novos servos do Senhor...

— Então tira o pau do meu cu que tá doendo pra caramba!

Um sujeito muito religioso estava viajando pelo interior quando foi surpreendido por uma tempestade. O rio transbordou e alagou tudo e o religioso teve que se abrigar no telhado de uma casa. Um sujeito aparece num barquinho e oferece ajuda.

— Desce, meu amigo, entra no barco.

— Não, obrigado, eu vou ficar aqui porque Deus vai me ajudar.

O barquinho foi embora. A chuva piorou, a água já estava a dois metros de altura quando surge outro barquinho.

— Entra no barco, meu senhor.

— Não, eu vou ficar aqui. Deus, em sua infinita sabedoria, vai me ajudar.

Lá se foi o barco e a chuva aumentou mais ainda, a água já estava a cinco metros. Aparece outro barquinho.

— Vambora, cara! Entra no barco! É a sua última chance!

— Não, vou ficar aqui porque eu sei que Deus vai saber como me salvar!

O barquinho foi embora, a chuva aumentou e a água atingiu o telhado matando o religioso.

Passa um tempo e lá está o religioso chegando ao Céu, injuriado.

— Pô, Deus, a gente reza a vida toda, dedica toda a vida ao Senhor e, quando precisa, Você não aparece.

Então Deus responde:

— Não enche o saco, que eu mandei três barquinhos!

A madre-superiora reuniu todas as alunas do colégio de freiras para uma conversa sobre suas ambições para o futuro.

— E você, Catarina, o que você quer ser quando crescer?

— Eu quero ser prostituta, madre.

— Você quer ser o quê? — perguntou a madre, assustadíssima.

— Prostituta! — repetiu Catarina.

— Ah, que susto! — respirou aliviada, a madre. — Pensei que você tinha dito protestante.

As freiras vão se confessar.

— Padre — diz a primeira. — Eu toquei no órgão de um homem.

O padre pergunta:

— Com que mão você tocou, minha filha?

— Com a direita.

— Lave sua mão direita com água-benta e reze trinta ave-marias.

— Padre — diz a segunda —, eu também toquei um órgão de um homem, mas com a mão esquerda.

— Lave a mão esquerda com água-benta e reze trinta ave-marias.

Entra a terceira freira. O padre pergunta:

— Tens algum pecado para confessar, minha filha?

Nesse momento a quarta freira interrompe a confissão:

— Padre, por favor, deixa eu me confessar primeiro porque eu não quero lavar a boca com a água que a irmã Soraia vai lavar o cu!

O padre e a freira iam pelo deserto em um cavalo. Depois de um tempo, o cavalo não aguenta o calor e morre.

— Irmã Maria — diz o padre —, já que não vamos mesmo sair vivos daqui, eu acho que devíamos fazer nossos últimos desejos.

— Tudo bem, padre. Qual é o seu último desejo?

— Ah, eu nunca vi uma freira pelada. Eu queria ver uma freira pelada.

A freira tira o hábito e fica nua.

— E você, irmã, qual é o seu último desejo?

— Eu também nunca vi um padre pelado.

O padre também tira a sua roupa.

— Padre, o que é essa coisa comprida?

— Isso é um membro viril, irmã. Ao introduzimos no corpo, dá vida!

A freira fica eufórica.

— Então mete ele logo no cavalo, pra ver se esse bicho ressuscita e tira a gente daqui!

O papa já tinha terminado sua visita ao Brasil. Antes de ir embora, ele resolve dar uma volta de carro. Todo mundo esperando ele sair de papamóvel, mas o papa pega uma limusine e pede pra trocar de lugar com o motorista. Sua Santidade assume a direção e sai mandando ver, pisa fundo. Quando ele já está no aterro a mais de duzentos por hora, um guarda para o carro.

— Um minutinho, senhor, que eu preciso ligar pro meu chefe.

O guarda pega o rádio e entra em contato com o comandante.

— Alô, capitão, tem um cara aqui superimportante andando a mais de duzentos.

— Quem é? — pergunta o capitão. — Vai dizer que é filho de ministro?

— Não, é mais importante.
— É o prefeito?
— Mais importante.
— O governador?
— Mais importante.
— Porra, quem é? É o presidente?
— Não, eu não sei quem é o cara, mas o chofer dele é o papa!

Era sábado, dia de banho do padre João. A jovem irmã Madalena já havia preparado a água e as toalhas exatamente do jeito que o velho padre gostava. Irmã Madalena foi também instruída para não olhar para o corpo nu do padre, fazer o que ele lhe pedisse e rezar.

Na manhã seguinte, a madre superiora perguntou à irmã Madalena se o banho de sábado havia transcorrido direito.

— Ah, irmã — disse irmã Madalena. — Eu fui salva!

— Salva? Como assim? — perguntou a madre superiora.

— Bom, quando o padre João estava todo ensaboado, ele me pediu para limpá-lo. Enquanto eu estava tirando o sabão, ele guiou minha mão para o meio das suas pernas, onde ele disse que Deus guardava as chaves do paraíso. O padre João disse que, se a chave do paraíso coubesse em minha fechadura, os portões do paraíso se abririam para mim e eu teria a salvação e a paz eterna. Então o padre João colocou a chave do paraíso na minha fechadura. Primeiro foi uma dor horrível, mas o padre disse que o caminho da salvação é mesmo doloroso e que a glória do Senhor iria encher o meu coração de êxtase. E assim eu fui salva!

— Desgraçado! — berrou furiosa a madre superiora. — Há mais de quarenta anos ele me diz que aquilo é a trombeta do arcanjo Gabriel e me obriga a ficar soprando!

— Pastor, é o senhor que separa as mulheres do mal?

— Sou eu sim, meu filho.

— Então separa uma pro sábado pra mim.

Num seminário, o bispo vai ordenar três novos sacerdotes: João, Pedro e Paulo. Mas como tem dúvidas sobre a vocação dos três, resolve fazer um teste. E pede pros noviços amarrarem um sino no pau.

Chama João e mostra um casal transando num vídeo pornô. Imediatamente ouve o sino tocar: "tlin".

— Que absurdo! Que escândalo! Vá agora mesmo tomar uma ducha fria!

Chama Pedro e mostra o mesmo vídeo. Nada acontece. O padre fica feliz. Mostra então um casal fazendo um "69" e ouve "tlin".

— Absurdo! Vai tomar uma ducha fria!

O padre chama então Paulo e mostra o primeiro vídeo. Nada. Mostra o casal do "69". Nada. Mostra vídeos de casais em diversas posições. Nada.

— Ah, que felicidade! — alegra-se o padre. — Enfim uma verdadeira vocação! Vai, Paulo, vai tomar banho com João e Pedro.

Tlin, tlin, tlin, tlin, tlin, tlin, tlin.

O sujeito foi cortar o cabelo no barbeiro que frequentava havia mais de vinte anos.

— Rapaz, tô excitadão! Vou pra Itália amanhã!

— Itália? — perguntou o barbeiro. — Com tanto lugar bom pra ir, tu vai pra Itália?

— É, eu vou pela Alitalia.

— Puta que pariu, a pior companhia de aviação do mundo! Vai pra que cidade?

— Roma.

— Porra, que merda! Cidadezinha feia! Vai se hospedar onde?

— No Hilton.

— Que cu, hein! Aquilo é o maior pardieiro! Vai ver o papa?

— Claro!

— Programinha de índio, hein! Milhões de pessoas se acotovelando só pra ver o papa.

O sujeito saiu do barbeiro injuriado. No dia seguinte viajou, curtiu a viagem, que foi ótima. Logo que voltou, fez questão de voltar a barbearia.

— E aí? Como foi a viagem?— perguntou o barbeiro.

— Rapaz, você não sabe o que me aconteceu. Eu tava lá no Vaticano tentando ver o papa. Logo que o papa chegou na sacada ele olhou pra multidão e desceu. Saiu de lá e começou a andar na minha direção. Foi se aproximando de mim cada vez mais. Quando o papa chegou bem pertinho de mim ele falou um troço no meu ouvido. Só pra mim!

— E o que o papa falou pra você?

— Cabelinho mal-cortado, hein, rapaz!

BOTANDO PRA PODER

Rosane, ex-BBB 27, foi pegar o filho na escola.

— Como é que foi a aula hoje?

— Foi legal. Hoje nós aprendemos álgebra.

— Que bonitinho! E como é que se diz "bom dia" em álgebra?

Rosane, ex-BBB 27, chega pra seu namorado Fernando, ex-BBB 51, e diz:

— Benhê, vamos sair, jantar, dançar, depois vamos pra um motel...

— Legal, e quem chegar primeiro em casa deixa a chave debaixo da porta!

Fidel Castro morreu. Quando chegou no Céu, São Pedro barrou a sua entrada e o mandou pro Inferno. O diabo o recebeu eufórico.

— Fidel! Grande Fidel! Sinta-se em casa!

Fidel então se lembrou que tinha esquecido as malas lá no Céu.

— Não se preocupe — disse o diabo. — Fica aí à vontade que eu mando dois diabinhos buscarem as suas malas.

E lá foram os dois diabinhos. Chegando no Céu, tinha uma tremenda fila na porta. Um diabinho virou pro outro e falou:

— Vamos entrar na fila?

— Que fila, mané! — disse o outro diabinho.— Vamos pular aquele muro ali.

Eles tentam pular o muro. São Pedro percebe e comenta com o arcanjo Gabriel:

— Olha lá, Gabriel. Não tem dez minutos que Fidel tá no inferno e já chegaram dois refugiados!

Donald Trump morre e vai pro purgatório, onde é recebido por São Pedro.

— É, seu Trump, o senhor tá enrolado — diz São Pedro examinando a ficha do presidente norte-americano. — O senhor só fez maldade. Roubou, abusou, mentiu, falsificou...

— Espera aí, São Pedro — diz Trump. — Também não é assim. Teve uma vez, há uns dez anos, que eu fiz uma boa ação. Eu dei um dólar prum mendigo num sinal.

São Pedro começa a examinar a ficha de Trump mais detidamente, examina tudo, até que acha a boa ação nos registros.

— É verdade! Tá aqui: deu um dólar pra um mendigo em 1986.

São Pedro pensa um pouco e chama um auxiliar.

— Ô Gabriel, vem cá. Devolve um dólar pra esse filho da puta e manda ele pro Inferno!

GÊNIOS, DUENDES, BAILARINOS MACHOS E OUTRAS COISAS QUE NINGUÉM ACREDITA

Um sujeito está andando pela rua quando encontra uma lâmpada mágica. Ele esfrega a lâmpada e surge um gênio.

— Um gênio! Espera aí, deixa eu pensar meus três desejos.

— Três desejos é o cacete! — diz o gênio. — Tempos de crise, meu amigo. Você só tem direito a um desejo.

— Então eu quero... um milhão de dólares.

— Tu é surdo, meu irmão? Eu falei que os tempos são de crise. Pede outra coisa aí.

— Então eu quero que haja paz em Israel. Que árabes e judeus convivam em paz.

— Esse desejo é impossível, pede outra coisa aí.

— Então eu quero que o Palmeiras seja campeão mundial!

— Você tem um mapa de Israel aí? Eu vou ver o que posso fazer por você.

Um sujeito muito bem-vestido entra em um bar rodeado de mulheres maravilhosas e com um pintinho na mão.

— Me vê aí um martíni para a ruiva, uma tequila pra morena, uma cerveja pra loura e duzentos *cheeseburguers* pro pintinho.

O bartender acha estranhíssimo, mas atende o pedido.

No dia seguinte, o cara volta ao bar e repete o pedido e assim acontece por mais dois dias. No quinto dia, o bartender não resiste e pergunta pro sujeito por que ele fazia aquele pedido tão esquisito.

— É o seguinte, meu amigo. Um dia eu estava andando na rua e encontrei uma lâmpada mágica. Esfreguei e saiu um gênio que me disse pra fazer três pedidos. Primeiro eu pedi pra ser muito rico e hoje eu sou uma das pessoas mais ricas do mundo. Depois, eu pedi pra viver cercado de mulheres maravilhosas e o gênio me deu essas gatas que você tá vendo. E em terceiro eu pedi pra ter um pinto insaciável. Aí o sacana me deu esse bichinho filho da puta!

Certo dia estava o gaúcho concentrado tomando seu chimarrão, quando lembrou que já estava atrasado para o baile no povoado.

— Bá! Tô mais atrasado que tartaruga em desfile de lebre!

Ele então pediu pro menino que tomava conta dos cavalos:

— Ô, guri! Encilha um cavalo enquanto eu vou tomar um banho!

Assim, o gaúcho partiu para o baile na sua roupa domingueira. Como estava atrasado, resolveu pegar um atalho pelo meio do mato. De repente, uma nuvem de fumaça surgiu e apareceu o diabo. O gaúcho se assustou, mas o diabão o tranquilizou:

— Não se assuste! Como és muito corajoso, tens direito a três pedidos!

— Bueno — disse o gaúcho. — Já que é assim, vamos ao primeiro: quero um rosto de galã de novela... Segundo: um cinturão forrado de dinheiro... E por último: um genital bem grande como o desse animal que eu tô montando!

O diabo tomou nota e disse:

— Pode ir que eu garanto os pedidos!

O gaúcho chegou no baile todo prosa. "Oba! Bonitão, ricaço e bem-armado vou comer todo o mulherio do salão!" Rapidamente ele entrou no banheiro para conferir os pedidos. O primeiro estava lá. O gaúcho estava a cara do Rodrigo Hilbert. O segundo também, ele estava com o bolso cheio de grana. Faltava o terceiro, e quando o gaúcho abaixou as bombachas, ele teve uma surpresa:

— Guri filho da puta! Me encilhou a ÉGUA!

Um sujeito estava jogando golfe. Lá pelo 16° buraco, ele quase acerta a bola num anãozinho esquisito, com dois chifrinhos na cabeça. Antes do sujeito tentar se desculpar, o homenzinho fala:

— Eu sou um duende e posso te conceder três desejos.

— Não, obrigado, eu já estou satisfeito de não ter lhe acertado com a bola, você podia se machucar.

O sujeito continuou jogando seu golfe e o duende pensou: "Esse sujeito é muito gente boa. Já que ele não me pediu nada, eu vou realizar pra ele os três desejos que a maioria dos golfistas me pede: muito dinheiro, muita sorte no golfe e uma vida sexual intensa."

Um ano depois, o sujeito está lá jogando no mesmo buraco, quando novamente quase acerta o duende.

— Você de novo! Tudo bem?

— Tudo bem — responde o duende. — E você, tem jogado muito golfe?

— Ah, muito, e eu ando com uma sorte inacreditável!

— Graças a mim! E dinheiro, muito dinheiro?

— É impressionante, mas de um ano pra cá eu fiquei milionário.

— Graças a mim também! E o sexo?

— Ah, vai bem. Uma ou duas vezes por semana.

— Só uma ou duas vezes por semana? — estranhou o duende.

— Bom, até que não é ruim prum cardeal arcebispo.

HÁ BARES QUE VEM PARA O BEM

Um sujeito chega no bar.

— Garçom! Duas cachaças!

O garçom traz as cachaças. O sujeito bebe a primeira.

— Pela dor!

Ele bebe a segunda.

— E pela vergonha!

Pede mais duas cachaças e repete o ritual.

— Pela dor!... E pela vergonha!

Ele repete isso uma porção de vezes, até que o garçom, curioso, pergunta:

— Desculpa a minha indiscrição, mas... por que o senhor pede duas cachaças e brinda dessa maneira?

— É que eu estava em casa e resolvi tomar banho no jardim. Aí o sabonete caiu no chão, eu me abaixei pra pegar e o São Bernardo do vizinho chegou por trás e cráu!

— Nossa! Que vergonha! — disse o garçom.

— Não, não. Essa foi a dor. A vergonha foi quando o São Bernardo saiu enganchado comigo pela vizinhança!

Um sujeito entra em um restaurante. Depois de comer seu prato, pede a sobremesa.

— O que vocês têm de sobremesa?

— A maçã especial da casa!

— Maçã? Não tem outra coisa?

— Mas a nossa maçã é especialíssima. É diferente de qualquer outra.

— Tudo bem, traz a maçã.

O garçom traz a maçã e o cara prova.

— Espera aí, essa maçã é igual a todas as outras. Tem gosto de maçã!

— Calma, meu senhor. Prova o outro lado.

O cara prova o outro lado da maçã que tem um gosto maravilhoso.

— Hummmm! Que sabor delicioso. É morango?

— Exatamente. É a especialidade do nosso cozinheiro. E o senhor pode pedir de qualquer sabor.

— É mesmo? Então eu tenho um pedido especial: eu quero uma maçã com gosto de buceta! Hummm! Eu adoro uma bucetinha!

— É pra já!

Alguns minutos depois, volta o garçom com mais uma maçã especial da casa. O sujeito prova e cospe tudo.

— Porra, essa maçã tem gosto de cu!

O garçom:

— Vai virando, vai virando!

— Garçom, dez doses de uísque, por favor.

— Pelo que eu estou vendo, parece que estamos comemorando alguma coisa.

— É, minha primeira mamada!

— Que beleza! Pode tomar mais uma dose por conta da casa.

— Não, obrigado. Se o gosto não sair com dez doses de uísque, não vai sair com onze também!

Um bêbado chega em casa. Com enorme dificuldade, consegue tirar a chave do bolso e abrir a porta.

— Echta é minha chave e echta é minha porta...

Cambaleando entra em casa.

— Echta é minha casa, echta é minha sala e echte é meu sofá...

Entra no quarto quase caindo.

— Echte é meu quarto, echta é minha cama, echta é minha mulher e echte cara dormindo na minha cama... sou eu!

HUMOR VÃNHO

O curandeiro reuniu centenas de deficientes no teatro da cidadezinha prometendo curar a todos. Chamou ao palco um aleijado numa cadeira rodas.

— Eu vou te curar! A partir de hoje, você vai andar.

Ele colocou o aleijado atrás de um biombo que havia no palco e se dirigiu à plateia:

— Alguém mais quer testar junto com o aleijadinho os meus poderes de cura?

— Eu guero! — gritou o fanho. — Eu guero deijar de zer vanho!

— Suba ao palco e vá para trás do biombo — ordenou o curandeiro.

Com o aleijado e o fanho atrás do biombo, o curandeiro começou a dizer umas palavras mágicas e ordenou:

— Aleijado, levanta e anda!

Nada aconteceu.

— Aleijado, levanta e anda!

Nada aconteceu.

— Fanho, fala!

Nada aconteceu.

— Fala, fanho!

Ouve-se uma voz detrás do biombo:

— O aleixado ze exdabacou no jão!

BÃSTÃ! IZO DEM GUE AGABAR!

Os vãnhos zão disgribidados há zégulos por doda bobulazão.

Dós dambém zomos vilhos de Zeus, Zeus, bôrra!

Oudro dia besmo dive gue gombrar um bênis e...

BÊNIS, BÔRRA!

Zaí da loja gom drês bãralhos.

Bênis é o bãralho!

Debois dive gue dar um inderurbanho bra binha dãborada gue bora em Dragunhanhém. A bunrra da delevonista ligou pra Dragunhanhém. Dive gue vãlar aos berros:

— Dão é Dragunhanhém! É Dragunhanhém!

Gonzegui vinalmente a ligazão:

— Alô! Fânia? Adivinha guem esdá valando?

Os vãnhos dem gue der bais boz adiva. Demos guê der baiz liverdade de exbrezão.

Demos gue conseguir nozo lugar ao zol. Dar bazão aos nozos zonhos. Bazão! Num zabe o gue é bazão, bôrra! Vozês zão zurdos? Borizo gonglamamos, jamamos dodos agueles gue dem uma ligeira diviguldade de ze vazer entender, bara endrarem neza luda.

Bamos vundar a Azoziazão dos Amigos do Vanho, a AMADIL (DIL, VUCETA! Aquela gobrinha gue viga em zima do A! A!, BÔRRA!)

Bor hoje jega, vigo bor aguí!

Badrízio Boreira (Boreira, bôrra, gom ebe!)
VONOAUDIÓLOGO

JUDEU? NÃO, EMPRESTOU A JUROS

O judeu chega em casa e encontra a empregadinha gostosinha tomando banho, no banheiro dele.

— Você está suzinha?

— Estou sim, sinhô.

— Você gostarr de foderr?

— Gosto muito, sim, sinhô.

— Enton vai foderr con outro que esse zabonete ié meu.

Três mães judias tomando chazinho. A primeira fala:

— Meu filho, Jacó, casó com Sarrinha e se formó em engenharia.

— Mas Sauzinho ié que ié filho. Já ié médico, ainda non zaiu de casa e me leva parra jantar forra toda zemana.

— Grandes coisas. Levi ié que ié filho. Abandonó a faculdade, casó com uma goyim e faz análise todo dia. Pra falar de quem? De quem?

Um mendigo bateu à porta de um judeu e falou:

— Uma esmolinha, pelo amor de Deus.

— Pode jogar por baixo da porta... — disse o judeu.

Briga num bar. Um judeu dá uma porrada num chinês.

— Isso é pelo que vocês fizeram em Pearl Harbor.

— Mas quem bombardeou Pearl Harbor foram os japoneses.

— Japonês, chinês, coreano, é tudo a mesma merda.

O chinês passa a encher o judeu de sopapo.

— Isso é por vocês terem afundado o Titanic.

— Mas quem afundou o Titanic foi um iceberg.

— Iceberg, Rosemberg, Tratemberg, é tudo a mesma merda.

BASTA!

Nós, chuteus, repudiamos este forma preconceituoso de trratarr nosso povo, a povo escolhida. Num livrro que custa mais de dez reais(!), com mais de cem páginas, apenas algumas páginas são dedicadas a nossa comunidade. Isso querr dizer que nosso povo vale menosh de dez centavos? Ora, quem vale menos de dez centavos são os terroristas palestinos sanguinárrias!

MCC — Movimento dos Chuteus Circuncid... aaaiiiiiiii!

LOURA NÃO EXISTE, É SÓ UMA TINTURA QUE BOTAM NA SUA CABEÇA

Como morre o neurônio de uma loura?
Sozinho.

Como você faz pra uma loura rir no sábado?
Conte uma piada pra ela na quarta-feira.

O que está fazendo uma loura quando tapa as duas orelhas?
Ela está tentando segurar o pensamento.

Por que as louras não comem bananas?
Porque elas não conseguem achar o zíper.

O que uma falsa loura e um afrodescendente têm em comum?
Ambos possuem raízes negras.

Por que as louras ficam confusas no banheiro feminino?

Porque elas mesmas têm que tirar suas roupas.

Como uma loura faz para acender a luz após ter feito sexo?

Ela abre a porta do carro.

Como você mantém uma loura ocupada?

Escreva "vire, por favor" nos dois lados de uma folha de papel.

Se uma loura e uma morena fossem jogadas de um prédio, qual chegaria primeiro ao solo?

A morena. A loura tem que parar pra perguntar a direção.

O que é uma loura com uma peruca morena?

Inteligência artificial.

Quando é que uma loura burra tem dois neurônios?
Quando está grávida de uma menina.

DIREITO DE RESPOSTA DAS LOURAS

Nós, louras, repudiamos veementemente essa forma preconceituosa de tratar nossa categoria. Vamos processar os autores e pedir cem litros de água oxigenada de indenização, assim que descobrirmos o que significa "veementemente".

MANOEL, JOAQUIM, CAMÕES E COSPÉS

Um português emergente estava numa festa da mais alta aristocracia europeia. Champanhe, caviar, orquestra de câmara, ambiente calmo e relaxado. O portuga estava participando de uma conversa (na verdade, estava só escutando) quando uma jovem solta um peido pequeno, mas claramente registrado pelos presentes. Com um grande senso de oportunidade, um cavalheiro, sentado ao seu lado, diz:

— Senhores, eu sinto muito! Alguma coisa não me fez bem... Vou me retirar...

O português ficou deslumbrado com aquele sujeito. Que elegância, que valentia ao assumir a culpa de uma situação em que ele não tinha nada a ver. Imediatamente pensou em ter uma oportunidade de fazer algo similar. Sem dúvida uma atitude como essa iria lhe render reconhecimento imediato de todos.

Não precisou esperar muito. Quinze minutos depois, uma senhora, bastante obesa, fica de pé e solta um peido muito mais evidente e sonoro que o da jovem.

O português, numa atitude fulminante, gritou:

— Senhores, fiquem tranquilos! O peido dessa velha gorda aqui corre por minha conta!

Manoel chega mais cedo do trabalho e pega a Maria na cama com o Joaquim, seu melhor amigo. Manoel fica puto da vida, pega um revólver e aponta pra própria cabeça. Maria, vendo aquilo, começa a rir.

— Não ri, não, Maria! A próxima é você!

O Voo 234 da British Airways sofreu uma pane sobre Portugal. O piloto, muito experiente, decidiu aterrissar no aeroporto mais próximo. Era um aeroporto moderno, mas recém-inaugurado, perto de um povoado e todos os controladores eram novatos.

— Voo 234 para torre de controle. British 234 em emergência! Peço pista! Peço pista!

Silêncio. A torre não respondia.

— British 234 em emergência! Peço pista! Peço pista!

Nada; apenas o barulho de estática.

— Por favor, torre de controle! Já não tenho gasolina! Peço pista! Peço pista!

Finalmente, se rompeu o som da estática e se pôde ouvir o controlador:

— Aqui vai uma pista: é redondo, negro, entra frio e sai quentinho. O que é?

Um português estava viajando pela América do Sul. Na Bolívia, ele se aproxima de um nativo e lhe pergunta:

— Desculpe, ó pá, você é boliviano?

— Sim, senhor.

— E o que estais a mastigar?

— O que pode ser? Coca!

— E a tampinha não lhe machuca?

Um português sequestra o filho do homem mais rico do Brasil. A família espera ansiosa por notícias, mas nada acontece. Passa um dia, nada. Passam dois dias, nada. Três dias, nada. Finalmente, no quarto dia chega um pacote todo ensanguentado com uma orelha e um bilhete.

"Essa é a minha orelha. Se não cumprires as exigências, a próxima será a do seu filho!"

Três operários, um italiano, um árabe e um português, trabalhavam numa construção. Na hora do almoço, os três se sentaram para comer suas marmitas lá no alto do prédio. O italiano falou:

— Todo dia macarrão! Eu não aguento mais! Se eu abrir esta marmita e tiver macarrão novamente, eu vou jogar tudo lá embaixo.

Ele abriu a marmita e era macarrão. O italiano ficou puto e jogou fora a marmita.

— Se eu abrir esta marmita e tiver quibe novamente eu vou jogar esta merda fora — disse o árabe.

Ele abriu a marmita e lá estava o quibe. O árabe, puto, jogou a marmita fora.

— Todo dia bacalhau! Eu não aguento mais! — disse o português e também jogou fora sua marmita.

— Ô, português! — estranhou o italiano. — Tu jogou fora a marmita sem abrir. Como é que você sabe que é bacalhau?

— Ora, pois. Se sou eu mesmo que preparo meu almoço!

O Joaquinzinho estava com muita dificuldade para colocar sua cueca. Prontamente, sua mãe, a Maria, lhe ajudou:

— Ó, Joaquinzinho, toda vez que fores colocar uma cueca é só lembrar: amarelo na frente, marrom atrás!

Supermercado em Lisboa. Um funcionário entra esbaforido perguntando quem era o dono de um fusca vermelho. Manoel responde que era dele.

— Pois então corra lá que estão a roubar seu carro! — gritou o garoto do supermercado.

Manoel saiu correndo e voltou alguns minutos depois, suando e arfando.

— Então, pegou o ladrão? — perguntou o garoto.

Manoel respondeu tirando um papel do bolso.

— Não, ele foi muito rápido. Mas consegui anotar a placa...

O português vem andando na rua quando avista uma casca de banana a uns dez metros de distância. Ele para e pensa:

"Ai, meu Deus, lá vou eu me *fudeire* de novo!"

O português queria de qualquer maneira entrar para o livro dos recordes.

— Qual foi a sua façanha?

— Eu completei um quebra-cabeças em seis meses!

— E o que que isso tem demais?

— Olha aqui o que está escrito na caixa: de dois a quatro anos.

Joaquim estava deitado na cama lendo o jornal ao lado da Maria, que dormia. Volta e meia ele apalpava a buceta da Maria. Tanto fez que a Maria acordou.

— Que que tanto metes a mão na minha buceta, Joaquim?

— Não estou a meteire a mão na sua buceta, Maria. Estou apenas umedecendo o dedo para poder viraire a página do jornal!

O sujeito entrou numa loja.

— Quanto custa essa televisão?

— Quinhentos reais — respondeu o vendedor —, mas para o senhor que é português, fica por 350.

— Como é que o senhor sabe que eu sou português?

— É que isso não é uma televisão. É um micro-ondas!

O casal de portugueses se casou. Mas eram muito pobres e tinham muita dificuldade para montar sua casa. Uma tarde, entraram em uma loja.

— Olha, Maria, uma tábua de passar roupa!

Ele perguntou pro vendedor.

— Quanto custa essa tábua?

— Duzentos reais.

— Duzentos reais por uma tábua de passar roupa que eu levantaria com a ponta do meu pau?

— Ah, duvido! Essa eu quero ver.

— Aposta a tábua que eu consigo levantar ela com a ponta do meu pau?

— Tá apostado — disse o vendedor.

A loja toda parou pra ver. Joaquim abriu a braguilha, tirou o pau pra fora e conseguiu levantar a tábua de passar roupa com a ponta do pau. Ganhou a aposta e, feliz, levou sua tábua de passar roupa.

Nos dias seguintes, Maria começou a perceber que o Joaquim estava apático, desligado, não queria fazer nada.

— Ô, Joaquim, tu és sempre tão fogoso, cheio de energia, agora estás aí desse jeito. Há uma semana que tu não me fodes, Joaquim!

— Calma, Maria! Não fiques preocupada. Estou só a me poupaire. É que eu estou de olho numa máquina de lavar roupas...

Um prédio estava pegando fogo no centro da cidade, a população estava desesperada, porque tinha uma garotinha prestes a cair do último andar. Os bombeiros estavam atrasados e a tragédia era iminente.

Foi quando alguém falou:

— Ei, vejam quem está aqui! É Joaquim Ferreira dos Santos, o famoso goleiro português! Só ele pode salvar a garotinha!

— Ora pois, deixe cá comigo que eu agarro a miúda! Pode se jogar, minha filha!

A garota se jogou do último andar, veio caindo em velocidade estonteante. Joaquim calculou onde ela cairia e, mais do que depressa, fez uma ponte e agarrou a menina no ar.

Todos comemoraram:

— Muito bem, Joaquim! O senhor salvou uma vida!

E o português:

— Tudo baim. Mas agora eu tenho que bater o tiro de meta.

Quicou a garota três vezes no chão e depois deu um chutão.

Seu Joaquim entrou na farmácia e pediu:

— Um quilo de naftalina, faz favoire...

O farmacêutico prontamente vendeu. Quinze minutos depois, volta o seu Joaquim e pede mais dois quilos de naftalina. O farmacêutico vendeu meio sem entender. Meia-hora depois, volta o seu Joaquim muito cansado e arfante e pede mais três quilos de naftalina. O farmacêutico não resistiu e perguntou:

— Peralá, seu Joaquim, com essa quantidade de naftalina dá pra matar um milhão de baratas!

E o portuga respondeu:

— Isso é pro senhoire que tâim boa pontaria, ora pois...

Um português pega um avião e lá pelas tantas a aeromoça passa distribuindo chicletes.

— Pra que é isto? — pergunta o lusitano.

— Para que não tenham dor de ouvido quando mudar a pressão.

O voo transcorreu tranquilo, o avião pousou sem problema e, quando todos já estão desembarcando, o português desesperado procura a aeromoça.

— Pur favoire, eu já posso tirar os chicletes do ouvido?

Manoel visita a casa de campo do Joaquim. Lá chegando, encontra o Joaquim trabalhando no jardim.

— Está com algum problema no jardim?

— Ora pois, uma praga está infestando as minhas plantas.

— E o que está fazendo?

— Estou colocando DDT.

— Ora, não sabes que DDT está proibido porque causa câncer?

— E eu lá estou preocupado de como vão morrer essas pragas?

NA CAMA COM UMA DONA

Dois clitóris se encontram.

— Me disseram que você é frígida.

— São as más línguas...

Um sujeito cruza na rua com uma mulher maravilhosa, que surpreendentemente fala com ele:

— Lembra de mim?

— Espera aí, não fala. Deixa eu ver... Paris, 69?

— Não, Saquarema, "papai e mamãe" e um pauzinho desse tamaninho!

O menino pergunta pro pai:

— Pai, o que é clitóris?

— Pô, meu filho, por que você não me perguntou ontem à noite? Eu tava com a resposta na ponta da língua!

Um esperma pergunta pro outro:

— Quanto tempo falta pra gente chegar ao ovário?

— Relaxa, rapaz, a gente acabou de passar pelas amídalas.

— Alô, Zeca, vou fazer uma suruba aqui em casa da melhor qualidade. Topa?

— Quantas pessoas vão?

— Se você trouxer sua mulher são três!

CRIANÇAS, ESSES ANIMAIS SELVAGENS

O professor começa a sua aula.

— Hoje, vamos falar de órgãos do corpo humano que são números pares. Por exemplo, nós temos dois olhos, dois é par. Mariazinha, dê outro exemplo de órgãos pares.

— As orelhas — responde Mariazinha.

— Muito bem! Outro exemplo, Joãozinho.

— Os ovos.

O professor fica meio acabrunhado, mas aceita a resposta.

— Tudo bem, Joãozinho. Juquinha, outro exemplo.

— O pinto, professor.

— Espera aí, Juquinha, nós só temos um pinto!

— Meu pai tem dois: um pequenininho que ele usa pra fazer xixi e um grandão que mamãe usa pra escovar os dentes.

O menininho chegou perto do pai e com um olhar supersério perguntou:

— Pai, de onde eu vim?

"Ih, caralho", pensou o pai, "chegou o momento que eu temia. Como é que eu vou explicar pra ele? Ai, meu Deus!"

— Bom, meu filho — começou o pai e ficou meia-hora falando dos passarinhos, das abelhinhas, dos abelhinhos etc e tal. O menino, supersério, ouvia a tudo atentamente. O pai acabou a explicação e perguntou:

— Entendeu? Mas por que você me perguntou isso?

— Eu queria saber porque o Zezinho, filho do vizinho, disse que veio de Uberaba.

O menininho voltou da escola e pediu pra mãe pra levar a cachorrinha Fifi pra passear.

— Ah, meu filho, hoje não vai dar porque a nossa cachorrinha está no cio.

— O que é cio, mamãe?

— Seu pai está na garagem, vai lá perguntar pra ele.

O menino foi até a garagem.

— Pai, eu quero levar a Fifi pra passear, mas mamãe disse que ela não pode porque está no cio.

O pai estava mexendo no motor do carro e resolveu ajudar o filho. Pegou uma estopa, encheu de gasolina e passou na xoxotinha da cadelinha.

— Não se preocupe que agora a Fifi pode passear sem nenhum cachorro importunar ela.

O menino foi passear e vinte minutos depois voltou sem a cadela.

— Ué, cadê a Fifi? — estranhou a mãe.

— Ah, ela ficou sem gasolina a uns dois quarteirões daqui. Mas não se preocupa não, que o cachorro do vizinho tá empurrando ela até aqui.

A mãe estava na cozinha fazendo o almoço quando a filhinha chegou.

— Mãe, de onde vêm os bebês?

— Bom, filhinha, mamãe e papai se conheceram e se casaram. Um dia eles se trancaram no quarto, se beijaram, se abraçaram e fizeram sexo.

— Sexo?

— É, filhinha, papai colocou o pênis dele dentro da vagina da mamãe. E aí a mamãe ganhou um bebê.

— Mas, mamãe, outro dia eu abri a porta do quarto de vocês e papai tinha colocado o pênis dele dentro da boca da mamãe. O que você ganha quando faz isso?

— Joias, filhinha. Muitas joias.

OS CÃES
LAVAM
E A
CARAVA
NA
PASSA

Um urso e um coelho estavam cagando juntos na floresta. O urso chegou perto do coelhinho e perguntou:

— Ei, coelhinho, que pelo bonito você tem! Você não se importa se a merda manchar esse seu pelo tão branquinho?

— Não, por quê? — respondeu o coelhinho.

Daí o urso pegou o coelho e limpou a bunda com ele.

Naquela floresta, o beija-flor era o fodão. Mas depois de ter carcado toda a passarinhada da floresta, o beija-flor andava meio pra baixo. Até que um dia, ele avistou uma gigantesca bunda de elefante. Sem titubear, partiu pra cima da elefanta. Enquanto o beija-flor estava lá se esforçando, um macaquinho, em cima de uma árvore, estava assistindo a tudo.

— Olha só que beija-flor babaca! Vou sacanear!

Ele pegou um coco e tentou acertar o beija-flor. Só que acertou foi a cabeça da elefanta, que soltou um grito altíssimo.

— Aaaahhhhhhhh!

E o beija-flor, na mesma hora, respondeu:

— ISSO! GOZA, FILHA DA PUTA!

A formiga estava voltando do trabalho, quando uma Mercedes passou em alta velocidade e jogou lama, molhando ela toda. O carro deu marcha à ré e o sujeito que estava no banco de trás, tentou se desculpar:

— Mil desculpas, senhorita... Eu canso de pedir ao meu motorista que dirija mais devagar, mas ele... Ei! Não acredito! Dona formiguinha!

A formiga ficou assustada, mas também reconheceu a voz:

— É você, cigarra?

A cigarra saltou do carro e foi falando:

— Minha amiga formiguinha, há quanto tempo! O que você me conta de novo?

E a formiga, muito humilde:

— Aquilo de sempre... trabalhando, sempre trabalhando. Trabalhando no verão e poupando no inverno... Mas parece que você está muito bem, né?

— Não posso me queixar. Depois daqueles tempos difíceis, que você deve se lembrar, eu fui pra Hollywood e acabei fazendo um puta sucesso como cantor country! Depois eu consegui fazer cinco filmes! E agora estou começando minha turnê europeia. Espanha, França, Alemanha... e por aí vai! Casa cheia e um cachê maravilhoso! E como você é minha amiga, formiguinha, pode pedir o que você quiser que eu trago da Europa pra você... Perfumes, um vestido do Gaultier, o que você quiser...

A formiguinha ficou pensando e disse:

— Olha, muito obrigado, eu agradeço sua gentileza, mas não vou querer nenhum desses presentes... Na verdade, eu queria que você me fizesse um favor...

— Claro! Pode pedir o que quiser!

E a formiga:

— Se você passar pela França e, por acaso, encontrar um tal de La Fontaine... MANDA ELE PRA PUTA QUE O PARIU!

O HOMI DU CAMPO VIVE CUM A INXADA NAS MÃO

Um ventríloquo chega a uma fazenda e começa a bater um papo com o fazendeiro.

— Bonita sua fazenda. Aquele cachorro ali fala? — pergunta o ventríloquo apontando para um cachorro que estava por ali.

— Não — respondeu o fazendeiro. — Cachorro não fala.

— Cachorro, qual é o seu nome? — perguntou o ventríloquo.

— Meu nome é Rex, mas ele me chama de outra coisa — respondeu o cachorro.

— E ele te trata bem?

— Trata. Ele é carinhoso, me dá comida, passeia comigo. É ótima pessoa.

O ventríloquo pergunta então pro fazendeiro:

— E aquele cavalo, fala?

— Não! Claro que não!

— Cavalo, qual é o seu nome? — perguntou o ventríloquo pro cavalo.

— Meu nome é Ventania, mas ele me chama de outra coisa — respondeu o cavalo.

— E ele te trata bem?

— Trata. Ele é carinhoso, me dá comida, me trata bem. Ele é muito legal.

— E aquela cabrita? Ela fala? — perguntou o ventríloquo pro fazendeiro, que rapidinho respondeu:

— Fala, mas é mentirosa pra caramba!

Uma loura maravilhosa vem dirigindo por uma estrada deserta, quando seu carro quebra. A estrada está completamente escura, a não ser por uma luzinha lá longe. Ela anda na direção da luz e chega a uma casa. Bate à porta e um capiau atende.

— Meu senhor, meu carro quebrou na estrada. Eu não sei o que fazer. Será que eu poderia dormir aqui esta noite até o dia clarear e eu conseguir alguma ajuda?

— Tudo bem — respondeu o capiau. — Desde que você não se meta com meus filhos, João e Lucas.

Ela olha lá pra dentro e vê dois rapazes fortes sentados na sala. O capiau leva a loura prum quarto nos fundos, e a acomoda por lá.

A moça tenta dormir, mas não consegue parar de pensar nos dois rapazes. No meio da noite, ela não aguenta mais, se levanta e vai até o quarto dos rapazes.

— Meninos, vocês querem que eu lhes ensine as coisas da vida?

Os rapazes se animam.

— Mas tem uma coisa — explica a loura.— Não quero ficar grávida. Então vocês vão ter que usar essas camisinhas.

O bicho come no quarto e no dia seguinte a loura conserta seu carro e vai embora. Quarenta anos depois, João e Lucas estão sentados na soleira pitando seus cigarrinhos.

— João?

— Que é, Lucas?

— Você se alembra daquela loura que apareceu aqui uma noite?

— Alembro.

— Você se importa dela ficar grávida?

— Eu não!

— Eu também não. Vamo tirá essas porcaria?

Um capiau ia andando tranquilamente por uma estrada deserta, quando o coroné mais poderoso da região o intercepta. Apontando uma arma pra cabeça do capiau, fala:

— Ocê vai comer meu cu, senão eu te mato!

O capiau, muito assustado, respondeu:

— Sim, sinhô, coroné!

E assim foi. Depois de acabar o serviço, o coroné fala bruscamente:

— Só tem uma coisa: ocê num vai contar nada disso pra ninguém, pruquê se contar... EU TE MATO!

— Sim, sinhô, coroné! — respondeu o capiau, apavorado.

O coroné ficou ainda mais irritado, deu três tiros pra cima e berrou:

— E agora se escafede daqui, seu merdinha!

O capiau só teve tempo de pegar o chapéu e sair correndo.

Algumas semanas depois, um turista chega na cidade. Ele entra no bar, compra uma cerveja e começa a beber tranquilamente. De repente, ele ouve três tiros, fica assustado e pergunta para o dono do bar:

— O que é isso? Tiros? Emboscada? Tocaia? Me disseram que aqui era uma cidade pacata...

E o dono do bar respondeu sem se alterar:

— Ah, num é nada não... É só o coroné dando o cu de novo...

Em uma cidadezinha do interior, dois amigos conversavam na mesa de um bar.

— Rapaz, sabe aquele cara novo na cidade?

— Aquele sujeito feio pra cacete? Que ainda por cima é corcunda?

— Esse mesmo! O filho da puta anda comendo as mulheres mais gostosas da cidade!

— Isso não pode ficar assim! Acho que a gente devia dar um pau nele!

— Calma! Em vez disso, vou tentar descobrir o segredo dele... Depois a gente dá um pau nele!

O sujeito ficou esperando o corcunda entrar no banheiro. Lá dentro, ele puxou conversa:

— O amigo é novo na cidade, não é?

— É, deu pra notar, né? — respondeu o corcunda.

— E deu pra notar que você é o maior garanhão...

— É, pode-se dizer que eu faço um certo sucesso entre as mulheres...

O sujeito foi ficando intrigado:

— Mas não é pela sua aparência...

— Claro que não! — disse o corcunda. — Acontece que eu tenho um pau muito bonito...

O sujeito ficou desdenhando:

— Ha-ha-ha! Não acredito! Não pode ser... Ha-ha-ha!

O corcunda tirou o pau pra fora e o mostrou ao sujeito, que ficou pasmo.

— Porra! Pera lá....O que é isso? Meu irmão, seu pau realmente é bonito pra caralho! Olha, desculpa, mas se eu tivesse um pau assim... acho que eu iria viver chupando ele!

E o corcunda na mesma hora respondeu:

— E por que você acha que eu sou corcunda??!

ONDE AS PIADAS TÊM O CABELO MAIS CRESPINHO

Três caçadores foram pegos como prisioneiros por uma tribo no coração da África e levados à presença do chefe.

— Se algum de vocês conseguir pedir algo que não possamos realizar — disse o chefe —, vocês terão a liberdade... Caso contrário, a pele de vocês será arrancada e faremos barquinho com ela! Vocês terão até amanhã cedo para pensar...

No dia seguinte, a tribo estava em festa! O primeiro prisioneiro foi levado até o centro da aldeia e fez o pedido:

— Eu quero o manto sagrado de Jesus Cristo!

O chefão disse para um dos assistentes:

— Ô, rapaz, vai lá no setor de capas e mantos e me traz o sagrado...

Em poucos minutos, lá estava o manto. O caçador ficou indignado, mas o chefe mostrou uma declaração que autenticava o manto, assinada pelo Papa. Rapidamente, os outros selvagens caíram na pele do caçador e fizeram dele um lindo barquinho...

O segundo caçador veio e pediu:

— Eu vou querer um autêntico tigre-de-bengala africano. É isso mesmo!

Sem a menor preocupação, o chefe pede ao assistente:

— Ô, rapaz, vai lá no nosso zoológico e traz o tigre-de-bengala africano.

Prontamente, o tigre estava lá, junto com um certificado confirmando a origem do animal. O segundo caçador virou uma canoa.

Finalmente, o terceiro caçador. Diferente dos outros, ele estava mais tranquilo. Chegou para o chefe e disse:

— Eu quero um garfo!

— Um garfo? — retrucou o chefe. — Você tá maluco? A gente arranjou o manto sagrado, um tigre africano e você pede um garfo?!

— Eu quero um garfo — insistia o caçador.

O chefe ficou indignado:

— Você não tem amor à vida? Vai desperdiçar sua única chance?!

— Eu quero um garfo! — repetiu o caçador.

E o chefe não teve saída:

— Tá bem! Você é que sabe... Ô, rapaz, dá logo um garfo pra ele...

O assistente chegou com o garfo. O caçador pegou o garfo e, de repente, começou a furar o corpo todo e a repetir:

— Barquinho é a puta que o pariu! Barquinho é a puta que o pariu! Barquinho é a puta que o pariu!

Reunião no Itamaraty. Dois diplomatas africanos conversando.

— É es-trom-bo!

— Nada disso! É es-trôm-ba-go!

— É estrombo!

— Estrômbago!

Nisso chega um diplomata inglês e lhes explica:

— Senhores, não é estrombo nem estrômbago. É estômago. Es-tô-ma-go!

Assim que o inglês vai embora um dos africanos se vira pro outro:

— Que cara besta! Você acha que ele tá certo?

— É claro que não! Duvido que esse cara já tenha ido à África! Imagina se ele vai saber qual é o barulho que faz o peido de um hipopótamo!

Um explorador estava perdido no interior da África quando é encontrado por alguns nativos que o levam até sua tribo. Ao chegar, ele ouve uns tambores tocando. A batucada não para nem um segundo. Depois de algum tempo, ele ganha a confiança de um dos selvagens e consegue falar com ele.

— Por que esses tambores não param de tocar?

— Tambor parar muito ruim! — responde o selvagem.

Durante o almoço o explorador consegue perguntar pro chefe da tribo:

— Os tambores não vão parar de tocar?

— Não! Tambor parar muito ruim!

No final do dia, os tambores continuam tocando e o explorador não aguenta mais. Mais uma vez, ele pergunta a um nativo.

— Esses tambores não vão parar mais?

— Não! Tambor parar muito ruim!

A noite toda os tambores continuam tocando. O explorador não aguenta mais. Ele levanta, cerca um nativo, agarra ele e pergunta desesperado:

— O que acontece quando os tambores param de tocar?

— Solo de baixo!

Um viajante está andando por uma região da África infestada de canibais. De repente, no meio da mata, ele se depara com uma loja superchique especializada em cérebros humanos. Ele pergunta pro vendedor:

— Meu amigo, uma loja vendendo cérebros? No meio da selva?

— É a globalização. Não dá pra ficar parado. Tem que se especializar.

— E quanto custa um cérebro?

— Depende. Cérebro de artista é dez dólares o quilo, cérebro de filósofo custa quinze dólares o quilo, de cientista sai por vinte dólares o quilo e de economista é cinquenta dólares o quilo.

— Nossa! Espera aí, o quilo do cérebro de economista é mais caro do que o de filósofos ou cientistas?

— Tá brincando? Sabe quantos economistas você tem que matar pra conseguir um quilo de cérebro?

É PAU, É PÊNIS, É O FIM DO CAMINHO

Astolfo Resende era um homem como outro qualquer... Até que um dia acordou com uma estranha anomalia que iria mudar sua vida...

— Céus! O que é isso?! Nasceu um pau na minha testa!

Astolfo, então, correu para um médico:

— Doutor, é grave?

E o médico:

— Você... gosta de ler?

— Se eu o quê? Eu faço um monte de exame, chapa disso e daquilo, eletroencefalograma, tomografia computadorizada, e o senhor me pergunta se eu gosto de ler?

Indignado, Astolfo correu para outro especialista, desta vez um pai de santo, que perguntou:

— Mizifio, gosta de lê?

— Pô, painho! Matei bode, acendi vela, recebi santo, pra você me dizer a mesma coisa que o médico?

E Astolfo então resolveu apelar para os técnicos do primeiro mundo. Ele foi até o laboratório da NASA. Depois de muitos exames, testes, experiências, um cientista perguntou:

— O senhor gosta de ler, Mr. Resende?

Aí, Astolfo não aguentou:

— Porra! Eu pago dez mil dólares pra vir aqui! Pra um cientista me dizer a mesma coisa que um pai de santo e um médico qualquer?! Afinal, o que interessa se eu gosto ou não de ler?!

E o cientista:

— É que quando nascerem as bolas... você não vai conseguir mais ler porra nenhuma...

Em 1945, a França comemorava a libertação e a expulsão dos nazistas de Paris. Eu era apenas um jovem estudante e saí para comemorar a data nas boates de Pigalle. Uma delas me chamou muito a atenção. Anunciava o show do Grande Gungala, um percussionista africano. O show de Gungala era impressionante, mas o grande momento ele guardava para o final... Primeiro ele colocava uma amêndoa sobre o atabaque... E depois, com um golpe certeiro de seu pênis avantajado, partia a amêndoa em duas partes iguais!

Aquele indescritível espetáculo ficaria para sempre gravado em minhas retinas cansadas. Quarenta anos depois, eu voltei a Paris. Era agora um executivo em viagem de negócios e, por acaso, passei naquela mesma rua. Lá estava o mesmo cartaz. Perguntei para o porteiro:

— Por favor, esse Gungala é o mesmo que fazia um show aqui na época da guerra?

— É o mesmo show, meu amigo. Esse é o grande Gungala!

Tive que entrar pra ver. Gungala já estava velho, mas, o mais impressionante, era que agora ele quebrava um coco com o pênis!

Depois do show, não resisti e fui ao camarim...

— Senhor Gungala, eu sou seu fã! Vi seu show em 1948. Naquele tempo o senhor quebrava uma amêndoa!

Gungala começou a chorar.

— O que foi, seu Gungala? Aconteceu alguma coisa?

— Pois é, que decadência! Hoje em dia não consigo mais enxergar a amêndoa...

O cara queria casar com uma mulher, mas fazia questão que ela fosse virgem. Ele então pensou: "Como vou saber se uma mulher é virgem? Ah, já sei! Se ela for virgem mesmo, ela não tem a menor ideia do que é uma piroca!"

Dito e feito! Com toda mulher que namorava ele fazia o teste, mostrando o pau. Se a mulher reconhecesse, ele já dispensava. Passou anos procurando uma mulher e todas já tinham visto a coisa. Até que um dia conheceu uma moça muito casta e pura. Quando mostrou a peia pra moça, ela ficou espantada. A cara dela era realmente de quem não tinha a menor ideia do que era aquilo. Felicíssimo, ele casou com a moça. Na lua de mel, ele ficou nu e, curioso, perguntou:

— Você não sabe mesmo o que é isso?

— Não.

— Você não sabe nem o nome disso?

— Não.

— O nome disso é piroca!

— Piroca! Nossa, eu pensava que piroca era maior e preta.

PIADAS DE FUTEBOL DE SALÃO[1]

1. Pela nova determinação da FIFA, as piadas de futebol de salão passam a ser chamadas de piadas de futsal.

Dois baianos conversando:

— Vê aí, meu rei, se eu estou com a braguilha aberta?

— Tá não.

— Ah, então eu vou deixar pra mijar amanhã.

Três adolescentes resolveram passar suas férias numa estação de esqui. Como chegaram tarde da noite na estação, eles não conseguiram arranjar um lugar pra dormir. Finalmente, depois de rodar a cidade inteira, acharam vaga num hotel, mas quando chegaram no quarto perceberam que só havia uma cama grande de casal. Como era só por uma noite, os três resolveram dormir juntos.

Na manhã seguinte, eles acordaram e o garoto que dormiu na parte esquerda da cama falou.

— Cara, eu tive um sonho estranho. Sonhei que uma mulher ficava a noite toda com a mão no meu pau.

— Pô, eu também sonhei que uma mulher ficava me patolando a noite toda — disse o que dormiu do lado direito da cama.

O cara que dormiu no meio falou:

— Eu não, eu sonhei que estava esquiando, esquiando...

Um grupo de pescadores estava na beira do rio conversando quando chega uma senhora e começa a pescar.

Ninguém estava conseguindo pescar nada, mas a senhora começou a pescar um monte de peixes, todos enormes. Os pescadores ficam admirados. No dia seguinte, a cena se repete: ninguém pesca nada, só a mulher, que pesca uma cacetada de peixes. No terceiro dia um dos pescadores resolve perguntar pra mulher qual era o segredo dela.

— É muito simples — respondeu ela. — Toda manhã, logo que eu acordo, eu abaixo as calças do meu marido. Se o pinto estiver apontado pra esquerda, eu jogo a linha pra esquerda, se tiver apontado pra direita eu jogo a linha pra direita.

— E se estiver apontado pra cima?

— Eu não venho.

— De quem é esse ouvidinho? De quem é esse narizinho? De quem é essa mãozinha? De quem é esse pezinho?

— Ah, doutor, não sei, esse depósito de cadáveres tá uma bagunça do caralho!

No funeral de um operário de obra, um homem, desconhecido da família, chora copiosamente. A mulher do defunto se aproxima e pergunta.

— Era seu amigo?

— Era.

— E gostava de você?
— Demais. Suas últimas palavras foram pra mim.
— Ah, é. E quais foram?
— Mariano, não mexe no andaaaaime!

Um sujeito encontra o amigo todo machucado, cheio de hematomas e feridas.

— O que houve rapaz?
— É que eu apertei o peito da minha mulher.
— Ora, eu também aperto o peito da minha mulher, mas ela gosta, fica excitada, me faz carinho...
— Quando você aperta o peito com a porta do carro também?

PIADAS DE SALÃO, TRÊS QUARTOS, VARANDA E DEPENDÊNCIAS DE EMPREGADA

Um psicólogo fazia uma entrevista para admissão em um emprego. Entrou o primeiro candidato.

— O senhor pode contar até dez, por favor? — pediu o psicólogo.

— Dez, nove, oito, sete, seis, cinco, quatro, três, dois, um.

— O que é isso?

— Ah, o senhor me desculpe, mas é a força do hábito. É que eu trabalhava na NASA.

Entra o segundo candidato.

— O senhor pode contar até dez? — pede o psicólogo.

— Um, três, cinco, sete, nove, dois, quatro, seis, oito.

— Que isso?

— Ah, desculpe. É que eu era carteiro e estava acostumado a ver os números pares de um lado da rua e os ímpares do outro.

Entra o terceiro candidato. O psicólogo pergunta:

— Qual era a sua profissão antes de tentar esse emprego?

— Funcionário público.

— E o senhor pode contar até dez?

— Claro. Um, dois, três, quatro, cinco, seis, sete, valete, dama, rei.

Uma professora pergunta a seus alunos:

— Se existem cinco passarinhos em um galho e você atira em um, quantos sobram?

— Nenhum — responde Juquinha. — Todos saem voando com o barulho da pistola.

A professora fica surpresa com a resposta.

— Não era essa a resposta que eu esperava, mas... eu gosto do seu jeito de pensar.

— Eu posso fazer uma pergunta pra senhora? — pediu Juquinha.

— Pode, Juquinha.

— Existem três mulheres sentadas em um banco comendo picolés. Uma está lambendo, outra está chupando e a terceira está mordendo. Qual delas é casada?

A professora fica vermelha e responde timidamente:

— A que está chupando.

— Não, a casada é a que tem anel no dedo, mas eu gosto do seu jeito de pensar.

Um náufrago estava numa ilha deserta há um tempão. De repente, ele viu um navio no horizonte... mas a sorte tinha mesmo lhe abandonado. O navio explode e afunda bem perto da ilha.

Eis que um braço surge das águas pedindo socorro. O náufrago se joga na água, salva a pessoa e a leva pra ilha. Chegando lá, ele descobre quem era: Scarlett Johansson.

Muito agradecida, ela fala para o náufrago pedir o que ele quisesse que ela faria. É claro que, sozinho naquela ilha, sem mulher, ele não pensou duas vezes:

— Eu quero transar com você!

E assim foi durante dias e noites... Até que um dia, já muito cansada, Scarlett pediu para o náufrago pedir alguma coisa diferente que ela faria da mesma forma. Sem hesitar, o náufrago pegou um baú de roupas antigas e vestiu a atriz de paletó e gravata.

— Vamos brincar assim: nós somos velhos amigos que não se veem há muito tempo. Cada um vai para um lado da ilha e sai andando, até a gente se encontrar no meio. Tá?

Scarlett achou aquilo estranho, mas concordou.

Depois de algumas horas, os dois se encontraram e o náufrago já foi dizendo:

— Ei, é você? Ô, rapaz, que bom te encontrar aqui! Você não sabe da maior...

Ela entrou na brincadeira:

— O quê? Me conta! Me conta!

E o náufrago, orgulhoso:

— Tô comendo a Scarlett Johansson!

O piloto fez a decolagem com tranquilidade, colocou o avião em altitude de cruzeiro e falou pelo sistema de som pros passageiros:

— Aqui fala o comandante da aeronave. Nosso tempo de voo até Paris será de onze horas, o tempo é bom e o nosso voo deve ser bastante tranquilo.

Mas o voo estava realmente tão tranquilo que o comandante esqueceu de desligar o microfone, virou-se pro copiloto e falou:

— Agora eu vou colocar o piloto automático, tomar um cafezinho e comer aquela aeromoça gostosa.

Todo mundo no avião ouviu. A aeromoça, vermelha de vergonha, saiu correndo pelo corredor para avisar que o som estava ligado, mas foi parada por um passageiro.

— Calma, minha filha, não precisa correr. Ele ainda vai ligar o piloto automático e tomar um cafezinho.

— Meu tio morreu de catarata.

— Operaram ele?

— Não, empurraram.

PROCTOLOGISTAS E OUTROS MEDICUZINHOS

O médico proctologista estava andando no hospital quando uma enfermeira perguntou:

— Ei, doutor, por que o senhor está com um supositório atrás da orelha?

— Ih, caralho! Algum cu deve estar com a minha caneta!

Um sujeito vai ao médico português.

— Doutor, estou com uma dor aqui.

— Ah, não preciso nem examinaire! O senhor tem que operar apendicite.

— Como assim, doutor? Eu quero uma segunda opinião!

— Segunda opinião? Então eu também opino que o senhor está muito feio.

— Doutor, depois da operação eu vou poder tocar guitarra?

— Claro, perfeitamente. Não só tocar guitarra, como em três dias o senhor já vai estar trabalhando normalmente.

— Ah, doutor, o senhor é bom demais. Além de me ensinar a tocar guitarra, ainda vai me arranjar um emprego.

— Por que os proctologistas portugueses metem dois dedos no cu em vez de um só, como os demais?

— Não sei.

— Para ter uma segunda opinião.

— Doutor, eu tive que abortar seis vezes quando eu era solteira. Agora que estou casada, não consigo engravidar.

— É simples, minha filha. Você não está conseguindo se reproduzir em cativeiro.

— Doutor, eu tenho um caso agudo de herpes genital, sífilis, peste bubônica, meningite e AIDS.

— Perfeitamente. Não se preocupe que lhe internaremos num quarto particular e lhe ministraremos a dieta da pizza.

— Mas, doutor, pizza? Isso vai me curar?

— Não, mas é a única coisa que dá pra passar por debaixo da porta.

O doutor se aproxima do paciente.

— Eu tenho uma notícia boa e uma má. Qual você quer primeiro?

— A má, doutor.

— Essa operação que eu vou fazer no senhor é só pra constar. O senhor tem só mais dois dias de vida.

— E a boa notícia, doutor?

— Tá vendo aquela enfermeira gostosona ali? Tô comendo!

O médico se aproxima do doente moribundo.

— Meu amigo, eu tenho uma péssima notícia pra te dar. Você só tem quatro minutos de vida.

— Quatro minutos, doutor? E o senhor não pode fazer nada?

— Em quatro minutos? Se você quiser, eu posso fazer um ovo quente.

DOUTOR: O senhor tem seis meses de vida.

PACIENTE: Ai, meu Deus, e se eu não conseguir pagar sua conta nesse tempo?

DOUTOR: Aí eu te dou mais seis meses.

O paciente foi ao médico se consultar. Depois de alguns exames, o doutor disse:

— O senhor não está muito bem. Qual é a sua dieta?

— Bom, doutor, eu costumo comer bolas de sinuca. Eu acordo e como duas amarelas no café da manhã. Almoço uma vermelha e duas rosas. No lanche, eu como uma azul e no jantar uma marrom e três pretas.

— Sabe qual é o seu problema? — diagnosticou o médico. — O senhor não está comendo verde.

Um sujeito teve sua perna amputada. Um dia após a operação, o médico entra no quarto do perneta.

— Tenho uma notícia boa e uma má, qual você quer que eu dê primeiro?

— A má, doutor.

— Nós amputamos a perna errada.

— Ah, não! E qual é a notícia boa?

— A outra perna está bem melhor.

— Doutor, está doendo aqui.

— Bom, temos que fazer um exame de sangue e outro de urina para ver...

— Espera aí. Eu sou veterinário e é só dar uma olhada nos animais que eu já sei o que eles têm!

— Certo. Se você quiser, eu te dou uma receita. Se as coisas não saírem bem, nós te sacrificamos.

Um sujeito vinha andando pela rua de uma maneira muito estranha: ele vinha com as pernas coladas uma na outra, os joelhos dobrados, quase se arrastando. Dois médicos que cruzaram com ele começaram a discutir.

— Olha lá, um típico caso de problemas na próstata.

— De jeito nenhum! Deve ser hemorroidas.

Eles discutem por um tempo até que resolvem conversar com o sujeito.

— Meu amigo, nós dois somos médicos e estamos discutindo sobre o seu caso. O senhor tem problemas na próstata ou hemorroidas?

— Nenhum dos dois. Eu pensei que fosse um peido.

Devido a uns probleminhas, o médico receitou hormônio masculino para uma mulher. Algum tempo depois, ela volta ao consultório.

— Doutor, estou preocupada com os efeitos colaterais do hormônio. Estão nascendo uns pelos em lugares onde eu nunca tive pelos antes.

— Ah, não se preocupe. É um efeito perfeitamente natural e passageiro do hormônio. Onde exatamente estão nascendo esses pelos?

— Nos ovos.

PIADAS SOFISTICADAS

Certa feita, um rico empresário da aristocracia paulistana degustava um prato de escargot à bolonhesa no finíssimo restaurante *Un, Deux, Trois* quando repentinamente se defrontou com um tufo de pelos pubianos boiando em seu delicioso repasto. Ruborizado, o empresário discretamente chamou o *maître d'hôtel* e lhe confidenciou:

— O senhor queira me desculpar, mas, devido a este fato lamentável, serei obrigado a fazer uso de minhas influências em Brasília para lacrar as portas desta porra.

Tempos depois do fechamento do estabelecimento, o ex-*mâitre* ganhava a vida como limpador de latrinas na embaixada de um renomado país. Um dia, ao entrar no Salão Nobre do banheiro oval, qual não foi sua surpresa ao avistar seu antigo cliente, o aristocrático empresário paulistano, degustando sofregamente o molusco da embaixatriz.

Não contendo seu rancor, disse então o *mâitre d'latrine:*

— Por causa de um tufo semelhante ao que Vossa Excelência agora abocanha, tive meu estabelecimento fechado e sofri uma vertiginosa queda na escala social.

Polidíssimo, o empresário evitou o confronto verborrágico com o limpador de latrina, pois se lembrou da educação esmerada que sua mãe havia lhe dado nos melhores colégios da Suíça, e educadamente obtemperou:

— É, mas se achar um macarrão no meio desta pentelheira, tu vai pra rua agora, ô filho da puta!

Um português inteligente se encontrou com um malandro da Unicamp que queria lhe vender um urubu pintado de verde dizendo que era uma coleção encadernada das obras completas de Wittgenstein. Ao que o brilhante luso redarguiu: "Qual Escola de Frankfurt qual nada! Isto é papo de quem quer tomar no Foucault!"[1]

Um dia, durante o 97° Salão de Humor de Piracicaba, um cartunista português mostrou para a comissão julgadora um desenho de um urubu pintado de verde e disse que era um papagaio. O presidente da comissão julgadora, vendo o desenho, exclamou:

— Mas isso não é um papagaio! É um urubu pintado de verde!

Ao que o cartunista luso respondeu:

— Ora, pois, pois. É que eu não sou muito bom em charge política.

1 In: A estrutura ausente da epistemologia lusitana – Uma abordagem à Gomes de Sá. Trás-os-Montes: Editora Civilização Portuguesa, 1923.

QUANTO MAIS CLARK KENT MELHOR

O português estava andando pelo bosque quando de repente apareceu um cavaleiro mascarado, vestido de preto, com uma capa enorme. O mascarado pediu que o portuga desse todo o dinheiro, mas ele se negou.

O mascarado sacou a espada e, com um movimento rápido, marcou um enorme Z no tronco de uma árvore.

— Sabe agora quem eu sou? — perguntou o mascarado.

— Claro, claro, tome o meu dinheiro, Zuperman.

No alto do Empire State Building, um dos edifícios mais altos do mundo, um pacato cidadão olhava a vista tranquilamente.

Foi quando um bêbado, muito bêbado, falou com ele:

— Essas correntes de ar aqui são foda! Olha só...

E o bêbado subiu no parapeito e deu um salto. O outro ficou desesperado:

— O que é isso, seu maluco!

Ele deu uma boa olhada e viu que o bêbado estava flutuando no ar:

— Mas isso é inacreditável! Como é que você faz isso?

E o bêbado:

— Não é preciso prática nem habilidade. Você pode tentar também...

— É mesmo! Eu vou tentar agora!

— Vai lá, xará! Toma distância e pula!

E o cara se empolgou:

— Eu vou! É um... É dois... e é TRÊS!

O sujeito saltou e foi direto pro chão, se arrebentou lá embaixo. Um tumulto logo se formou para ver o sujeito estatelado na calçada.

O porteiro do prédio, já muito desconfiado, viu o bêbado descendo pelo elevador, reconheceu a figura e disse:

— Porra, Superman! Você quando bebe fica escroto pra caralho, hein?

SE ME
VIRES
ATRACADO
COM
MULHER
FEIA, PODE
DEIXAR QUE
É A MINHA
PATROA

Um casal entra num motel muito empolgado. O marido vira e fala:

— Querida, hoje eu te trouxe aqui porque eu quero fazer algo diferente. O negócio é o seguinte: você vem correndo daquela ponta, eu vou correndo daqui, a gente engata no ar e depois cai na cama...

— Que loucura! Você planeja cada uma! Vai ser uma noite inesquecível! — animou-se a mulher.

— Então vamos nessa! É um! É dois! E é...

Eles saem correndo cada um de um lado, saltam, mas na hora dos dois se encontrarem no ar, eles passam direto um pelo outro e o cara sai voando pela janela, até cair na piscina...

Vinha passando um funcionário e ele pediu ajuda:

— Ei, meu amigo, me arranja uma toalha pra eu sair daqui!

— Pode sair, não tem problema... — respondeu o outro.

O marido ficou puto e reclamou:

— Porra, mas eu tô pelado! Me ajuda aqui!

— Pode sair assim mesmo. Não tem ninguém aqui! Tá todo mundo lá no 103 vendo uma mulher que ficou enganchada na maçaneta!

Um casal de ceguinhos se casa. Na lua de mel, o ceguinho combina com a ceguinha:

— Meu amor, quando você quiser fazer sexo, você puxa duas vezes o meu pau.

— E quando eu não quiser, benzinho?

— Puxa cinquenta vezes de forma ritmada.

A mulher já havia se casado e se divorciado seis vezes, mas sempre acontecia algo estranho nos seus relacionamentos. Então ela resolveu colocar um artigo no jornal pedindo homens que não fugissem dela e que fossem bons de cama. Um dia, ela estava em casa, sentada, quando ouviu a campainha. Ela se levantou e foi até a porta:

— Quem é?

— Eu vim por causa do anúncio no jornal.

— Como eu posso saber que você está qualificado?

— Eu não tenho pernas, então não posso fugir de você...

— E como vou saber que você é bom de cama?

— Com o que você acha que eu toquei a campainha?

— Cheguei em casa e encontrei minha mulher dando pro meu melhor amigo.

— Que absurdo! E você não tomou nenhuma medida?

— Como eu ia tomar medida se o cara tava enfiado até o fundo?!

O casal já estava casado há cinquenta anos. E durante todo esse tempo, a mulher teve uma caixinha que não abria de jeito nenhum na frente do marido. Aquele era o único segredo que o casal mantinha depois de tanto tempo de convivência. No dia que eles completaram cinquenta anos juntos, o marido finalmente conseguiu convencer a mulher a abrir a caixa. Ele abriu e encontrou três grãos de milho e cinquenta mil dólares.

— Por que três grãos de milho? — perguntou o marido.

— É que cada vez que eu te traí, eu coloquei um grão de milho na caixinha.

O marido primeiro ficou superchateado, mas depois pensou um pouco e concluiu que três traições em cinquenta anos até que era pouco. Ele mesmo tinha feito xixi fora do penico umas três vezes também.

— E os cinquenta mil dólares, minha velha, como você conseguiu?

— É que cada vez que eu enchia a caixinha eu vendia o milho.

Um casal em lua de mel:

— Meu amor, vamos ter três filhas.

— Como é que você sabe, meu bem?

— É que elas estão morando na casa dos meus pais.

Um casal estava na lua de mel. Os dois muito nervosos, a moça diz que vai ao banheiro vestir algo mais confortável. No banheiro, se olhando no espelho, ela pensa: "Meu Deus, como é que eu vou contar a ele esse meu terrível segredo? Como é que eu explico esse bafo desgraçado que eu tenho?"

Enquanto isso, o rapaz na cama esperando por ela, também está pensando:

"Ai, meu Deus, como é que eu explico a ela esse meu segredo? Como é que vou contar pra ela que eu tenho um chulé de lascar?"

Ela sai do banheiro, deita-se ao lado do rapaz e começa a tentar se explicar:

— Olha, antes de nós consumarmos nosso casamento, eu queria te contar um segredo...

— Já sei — interrompe o rapaz. — Você comeu minhas meias!

Antes do casamento, o pai teve uma conversa muito séria com sua filha:

— Minha filha, quando você estiver fazendo amor e o seu marido pedir pra você virar, não vire. O outro lado, nunca! Nunca!

— Sim, papai.

Assim ela se casa, os anos se passam e uma noite estão ela e o marido na cama.

— Meu amor, vira pra gente provar o outro lado — pede o marido.

— Nunca! O outro lado, nunca!

— Mas você não quer ter filhos?

O casalzinho tá no quarto no maior amasso, quando a mãe da menina bate à porta.

— Meninos, venham pra sala comer os bolinhos!

Eles se ajeitam e vão pra sala comer os bolinhos. O rapaz morde o seu e dá aquela puxada de saco na futura sogrona.

— Nossa, dona Maria, realmente estão deliciosos esses bolinhos de bacalhau...

A namorada interrompe:

— João, vai lavar as mãos, que os bolinhos são de batata!

Um ano depois de se casar, a filha desabafa com a mãe.

— Mãe, eu não aguento mais essa mania do meu marido de comer cu. Antes de casar, meu cu era do tamanho de uma moeda de dez centavos. Agora já está do tamanho de uma moeda de um real!

— Minha filha, você não vai terminar com um casamento só por causa de noventa centavos!

Zeca era muito amigo de um casal, Marcão e Soninha. Um dia, Zeca estava andando na rua e encontrou Soninha. Ela começou a dar em cima dele descaradamente e ainda o convidou para qualquer dia desses lhe fazer uma visita. Os dois se despediram e Zeca chegou em casa baratinado. De repente, tomou uma decisão:

"A Soninha me deu o maior mole! Ah, foda-se o Marcão! Eu vou lá comer a Soninha!"

Chegando lá, ele encontra a porta aberta e vai entrando. Ouvindo barulho de água, Zeca desconfia que ela pode estar no banho e resolve fazer uma surpresa. Ele se deita peladão na cama. Eis que surge Marcão enrolado numa toalha:

— Zeca, o que você está fazendo pelado na minha cama?

— Bem... Eu, é que... é difícil de explicar, Marcão, sabe, a gente se conhece há um tempão...

— Desembucha!

— Eu estava lá em casa, sem fazer nada, aí, sem mais nem menos, bateu uma vontade de vir até aqui e... DAR A BUNDA PRA VOCÊ!

Um casal em sua lua de mel acaba de transar.

— Ai, benzinho — diz a noiva —, qual vai ser o nome do nosso filho?

O sujeito se levanta, tira a camisinha, dobra ela quatro vezes, coloca mais duas camisinhas por cima, vai até o banheiro, joga álcool, taca fogo na camisinha, pega o que restou, joga na privada e dá a descarga. Volta pro quarto e responde à mulher:

— Se ele sobreviver a tudo isso, vai se chamar MacGyver!

ANEDOTÁRIO POLÍTICO

— Por que as esposas dos parlamentares do Congresso Nacional pagavam jetom a seus maridos?

— Para que eles comparecessem.

De quantos petistas você precisa para trocar uma lâmpada?

Cento e um. Um pra trocar a lâmpada e cem para fazer uma assembleia para decidir se trocar a lâmpada é importante na luta contra o neoliberalismo ou é apenas um desvio pequeno-burguês.

SE
MULHER
FOSSE
LÍQUIDO EU
BEBIA,
MAS COMO
É SÓLIDO
EU COMO

Uma sexta-feira à tarde, duas mulheres estão jogando conversa fora quando uma delas avista o marido.

— Ih, lá vem meu marido. E o que é pior: ele comprou flores!

— Que bom!

— Bom, nada! Lá vou eu passar o fim de semana inteiro com as pernas abertas!

— Ué, você não tem um vaso em casa?

Duas mulheres conversando:

— Meu marido me abandonou, me tratou como se eu fosse uma cachorra...! Ele é um ingrato! Foi graças a mim que ele ficou milionário!

— Antes de casar ele não era milionário?

— Não, antes de casar ele era multimilionário!

Uma mulher deprimida e desesperada resolve dar fim à sua vida se jogando de uma ponte. Quando ela sobe na mureta da ponte, um marinheiro vê suas lágrimas, percebe sua intenção e tenta dissuadi-la.

— Não se jogue. Você tem uma vida toda pela frente. Olha, eu vou pra Europa amanhã de manhã. Se você quiser, eu posso esconder você no meu navio. Eu levo comida pra você todo dia. Você assim pode começar uma vida nova na Europa.

Ele se aproxima dela e a abraça.

— Eu vou fazer você feliz e você vai me fazer feliz.

A mulher resolve aceitar a oferta do marinheiro e desiste de se suicidar. "Afinal, o que eu tenho a perder?", pensa ela.

Naquela noite, o marinheiro a levou para seu navio e a escondeu dentro do bote salva-vidas. Toda noite ele trazia comida e água pra ela e eles faziam amor apaixonadamente.

Três semanas depois, durante uma revista de rotina, ela é descoberta pelo capitão.

— O que você está fazendo aqui?

— Eu tenho uma combinação com um dos marinheiros — responde a moça. — Ele vai me levar pra Europa. Ele me traz água e comida e me fode toda noite.

— Fode mesmo, minha filha, porque isso aqui é a barca da cantareira e nós agora estamos indo pra Niterói.

TAPO TUDO POR DINHEIRO

Sujeito milionário entra numa tremenda crise financeira. Ele chega em casa e avisa à mulher:

— O bicho tá pegando. É melhor você aprender a cozinhar que eu vou mandar a cozinheira embora.

— Se você aprender a trepar, a gente pode mandar embora o motorista!

O sujeito enche a cara com um amigo num bar.

— Rapaz, eu tinha tudo que eu queria. Eu era milionário, tinha muito, mas muito dinheiro mesmo. Tinha uma casa maravilhosa, bem-decorada, sensacional. Tinha o amor de uma mulher linda, uma deusa... de repente, pum! Tudo acabou...

— Mas o que aconteceu?

— Minha mulher descobriu tudo!

Um empresário brasileiro vai ao Japão em viagem de negócios. À noite, sem nada pra fazer, ele resolve pedir uma prostituta no quarto. A mulher chega e ele manda ver. Chupa aqui, mete ali, o cara começa a achar que está matando a pau, porque a mulher só fica gemendo e gritando:

— Flo-ba! Flo-ba!

No dia seguinte, ele vai jogar golfe com um empresário japonês. O japa faz uma jogada muito boa e o brasileiro resolve puxar o saco do japonês mostrando seus conhecimentos do idioma nativo.

— Flo-ba! Flo-ba!

— O quê? — pergunta o japonês, surpreendido. — Você tá dizendo que eu errei o buraco?

Um rapaz está andando pela rua quando vê um sapo. Ele pega o sapo e o coloca no bolso. Lá pelas tantas ele ouve uma vozinha. É o sapo.

— Se você me beijar, eu vou me transformar numa linda princesa.

O rapaz pegou o sapo, deu um sorriso, o colocou de volta no bolso e continuou andando. O sapo repete:

— Ô, rapaz! Não ouviu, não? Se você me beijar, eu vou me transformar numa linda princesa.

O rapaz pegou o sapo, deu um sorriso e o colocou de volta no bolso.

— Vou me transformar numa princesa maravilhosa! A cara da Angelina Jolie, o corpo da Liv Tyler, um tesão!

O rapaz pegou o sapo, deu um sorriso e o colocou de volta no bolso.

— Meu irmão, uma princesa espetacular, sensacional, cheia de amor pra dar, que vai fazer tudo que você quiser!

O rapaz pegou novamente o sapo, olhou pra ele e falou:

— Olha, eu sou economista, trabalho no mercado financeiro. Eu não tenho tempo pra mulheres. Mas um sapo falante é superlegal!

PROTESTANTE, NÃO, PROSTITUTA

Numa rua escura, um homem se aproxima de uma prostituta.

— A senhorita aceitaria a minha companhia?

— É claro. "Compreta" é cinquenta pratas.

O homem se virou pra trás e ordenou:

— Com-pa-nhi-a! Ordinário, marche! Um-dois...

— Outro dia conheci uma mulher maravilhosa. Uns peitos lindos, nem grandes nem pequenos, perfeitos. E as pernas? Que pernas! Perfeitas! Nunca vi coxas tão incríveis em toda a minha vida. E a bunda? A bunda era o melhor dela, uma coisa de louco, rapaz.

— Tudo bem, peitos, pernas, bundas. Mas... e cara?

— Caríssima! Caríssima!

Rapidinhas

Vinho pode ser branco ou tinto, mas cu tem que ser rosé.

A gravidez é a exceção que não confirma a regra.

A gravidez é um feto consumado.

Aê, aê, aê, ô, ô, ô... o que seria da música baiana se não existissem as vogais?

A bicicleta ergométrica é uma viagem sem ida.

— Como você chama um português com 80 de QI?
— Povoado.

— Qual a diferença entra uma namorada e uma esposa?
— Trinta quilos.

— Qual a diferença entre um namorado e um marido?
— Quarenta minutos.

Ventilador de pobre é helicóptero da polícia sobrevoando a favela.

Atrás de um grande hímen sempre existe um erro de revisão.

Corno metido a besta é aquele que o chifre sobe à cabeça.

O futebol é a pátria de chuteiras e o carnaval é a pátria sem sutiã.

— O que disse o ator de filme pornô aposentado?
— Eu já fiz o meu pé de mesa.

O homem só serve pra três coisas e pra duas já tem caixa eletrônico.

Da vida nada se leva. Mas, por via das dúvidas, é melhor levar uma rolha.

Como diria o coelhinho da Páscoa:
— São os ovos do ofício.

Carioca nem liga mais pra tiro. Entra por um ouvido e sai pelo outro.

No Brasil, as pessoas só pensam em sexo. Por isso que o Brasil não vai pra frente. Vai pra frente e pra trás, pra frente e pra trás...

O sexo é o único lugar onde o pobre ainda consegue entrar de graça.

Com o carro quebrando tanto, a única volta que o Rubinho Pé-de-chinelo consegue dar é no patrocinador.

No cinema pornô ninguém assina contrato. É tudo de boca.

O pior filme pornô é aquele que é feito nas coxas.

Quem não tem cu não come repolho.

Sabe aquela do passarinho sem cu?
Deu um peido, explodiu.

Qual é o melhor lugar pra se esconder dinheiro de uma francesa?
Debaixo do sabonete.

Como saber se um pirata é surfista?
Ele está usando dois tapa-olhos.

Por que italiano não faz churrasco?
O macarrão não para no espeto.

Qual a diferença entre uma tábua de passar e uma modelo e atriz?
É mais difícil abrir as pernas de uma tábua de passar.

Por que a Branca de Neve foi expulsa da Disneylândia?
Foi pega sentada no nariz do Pinóquio.
Qual a diferença entre "ter orgasmo" e "gozar gostoso"?

Mais ou menos cinco centímetros.

O que uma mulher grávida e uma torta queimada têm em comum?
Em ambos os casos, você devia ter tirado antes.

Quantos machistas chauvinistas são necessários pra trocar uma lâmpada?
Nenhum. Deixa que a patroa troca, depois de lavar a roupa e fazer a janta.

Quais são as duas palavras que você não quer ouvir quando está trepando?
"Querida, cheguei!"

Qual a diferença entre um sábado e o seu pau?
É mais fácil arrumar uma garota pra fuder com o seu sábado.

Por que todo broxa é imaturo?
Não cresce nunca.

Como você sabe se seu namorado é gay?
O ursinho de pelúcia dele usa um pênis de borracha.

Você sabe que é um merda quando...
Você liga para o disque-sexo e a garota fala: "Hoje não, tô com dor de cabeça."
Você sabe que é um merda quando...
Sua mão adormece no meio da punheta.

— Naquela cidade só tem bicha e jogador de futebol.
— Espera aí! Meu irmão mora lá!
— Tá jogando um bolão!
— Pô, naquela cidade só tem puta e militar...
— Mas minha mãe mora lá!
— Está garantindo as instituições democráticas de montão!

— Naquela cidade só tem viado e ladrão.
— Meu irmão deputado mora lá.
— Tá dando que é uma beleza!

O que o elefante disse quando viu um homem nu?
— Legal! Mas você consegue comer amendoim com isso?

Por que não passam mais filmes nos voos para Portugal?
Porque quando o filme acabava, todos os portugueses levantavam e saíam pela porta de trás.

Eu queria morrer dormindo, como o meu avô. E não gritando desesperado como os passageiros do ônibus que ele dirigia.

Qual a semelhança entre um espirro e um solo de bateria?
Você sabe que ele vem, mas não consegue evitar.

Qual é a última coisa que um baterista diz pra sua banda?
"Aí, galera, vocês querem ouvir agora as minhas músicas?"

— Mamãe, quando crescer eu quero ser baterista.
— Você tem que escolher, meu filho, não dá pra fazer os dois.

Aquele jogador era tão ruim que, quando conseguia fazer um gol, no replay chutava pra fora.

Leia outros livros do Casseta & Planeta publicados pela UBK Publishing House:

O grande livro dos pensamentos de Casseta e Planeta;

O enorme livro dos pensamentos de Casseta e Planeta.